The Voles Holes

Willow bdns.

Laundry

Dairy

Butter...meadow

THE
PRIMROSE WOOD

질 바클렘(Jill Barklem)은 영국에서 태어나 세인트 마틴 미술 학교에서 일러스트레이션을 공부했다.
바클렘은 자신이 태어난 에핑 숲을 모델로 이상의 세계, 찔레꽃울타리를 만들었다.
구성하는 데 총 8년이 걸린 찔레꽃울타리 시리즈는 뛰어난 작품성으로 전 세계에서 인정받고 있다.

가을이야기

질 바클렘 글·그림 | 이연향 옮김

1판 1쇄 펴낸 날 | 1994년 10월 1일
2판 1쇄 펴낸 날 | 2024년 7월 30일

펴낸이 | 장영재 **펴낸곳** | 마루벌 **등록** | 2004년 4월 1일(제2004-000083호)
주소 | 서울시 마포구 성미산로32길 12, 2층 (우 03983) **전화** | 02)3141-4421
팩스 | 0505-333-4428 **홈페이지** | www.marubol.co.kr

KC인증 정보 품명 아동도서 **사용연령** 6세~초등 저학년 **제조년월일** 2024년 7월 30일 **제조국** 대한민국
연락처 02)3141-4421 서울시 마포구 성미산로32길 12, 2층 **주의사항** 종이에 베이거나 긁히지 않도록 조심
하세요. 책 모서리가 난카로우니 던지게나 떨어뜨리지 마세요.

가을이야기

질 바클렘 글 • 그림 │ 이연향 옮김

마루벌

맑은 가을날입니다. 나무딸기와 들풀들의 열매가
알맞게 익자, 찔레꽃울타리의 들쥐들은 매우 바빠집니다.
매일 아침이면 씨나 열매, 나무뿌리 따위를 모아 저장
그루터기로 옮겨, 차곡차곡 겨울 준비를 해야 하기
때문입니다. 그루터기 안은 따뜻하고, 맛있는 나무딸기
잼과 빵 냄새로 그득합니다. 그 안은 이미 식량으로 가득
차 있습니다.

떡갈나무 성에 사는 마타리도 이른 아침부터 막내딸
앵초를 데리고 숲으로 나옵니다.

"아빠 옆에 꼭 붙어 있거라. 그렇지 않으면 길을
잃는단다."

이렇게 말하며 나무딸기 덤불을 헤쳐 나갑니다.
앵초는 낮은 곳에 있는 딸기를 따고, 아빠는 지팡이로
높은 가지에 있는 딸기를 끌어내려 땁니다.

바구니가 거의 다 차 갈 무렵, 밝은눈 할머니가 찾아
오셨습니다. 그러고는 걱정스러운 듯 얘기하십니다.
  "한참 찾았네, 날씨가 나빠질 것 같아서. 내 예감은
  거의 정확하거든. 비가 오기 전에 겨울 준비를 끝내야
  할 텐데……."

  마타리는 앵초에게 성으로 돌아가라 이르고, 사과
  할아버지와 의논을 하기 위해 저장 그루터기로 갑니다.
  얼마 지나지 않아 한 무리의 들쥐들이 수레와 마차를
  끌고 바삐 들로 나와, 마지막 남은 열매와 나무딸기를
  거두어들입니다

그루터기 일을 끝내고 싱에 돌아온 마타리가 부인과
함께 버섯을 따러 막 나설 즈음, 부인이 놀라 소리칩니다.
"앵초가 안 보여요!"

정말 앵초는 아무 데도 안 보입니다. 바구니 안에도,
잎사귀 밑에도, 긴 풀 사이에도 없습니다.

"누구 우리 앵초 못 봤나요?"

마타리가 들판을 향해 소리를 지릅니다.

"여긴 안 왔어요."

찔레 덤불 꼭대기에서 열매를 따던 들쥐가 대답합니다.

"우리도 못 봤어요."

빽빽한 산사나무 속 들쥐도 소리칩니다.

아이들은 앵초가 사과 할머니 댁에 있을 거라고
말합니다. 수색대는 곧바로 돌능금나무 집을 찾아갑니다.
모두들 숨을 헐떡이며 사과 할머니 댁 문을 두드립니다.
　"혹시 앵초 못 보셨어요? 앵초가 없어졌어요."
　머위의 말에 할머니는 고개를 저으며, 앞치마를 벗고는
앵초를 찾아 나섭니다. 사과 할아버지도 저장 그루터기 옆
덤불 속에 있는 틈새로 달려가십니다.
　"앵초야, 어디 있니?"
라고 할아버지가 소리치자,
　"앵초야, 어디 있니?"
하고 메아리가 옥수수 밭 위로 울려 퍼집니다.

마타리 부부는 다시 성으로 돌아와서, 찬장 위도
살펴보고, 침대 밑도 살펴봅니다. 저장 그루터기
안도 아래에서 위까지 샅샅이 뒤져 봅니다.
"어쩌나! 앵초는 아직 어린 쥐인데,
어디에 있는 걸까? 이 일을 어쩌면 좋지?"
마타리 부인은 걱정이 되어 어쩔 줄을 모릅니다.

한편, 옥수수 밭 가장자리를 돌아다니던 앵초는
부모님의 걱정에 대해선 까맣게 모르고 있습니다.
아침 내내 들꽃을 따고, 파란 하늘을 올려다보기도
했습니다. 나무딸기로 점심을 먹은 뒤에는, 따사로운
햇살 아래서 낮잠도 잤답니다. 앵초가 도랑에서 씨앗을
줍고 있는 들쥐들을 도우러 가려는데, 마침 옥수수 줄기
맨 위에 있는 둥글고 작은 집이 눈에 띕니다.
"누가 사는 집일까?"
궁금해진 앵초는 옥수숫대를 기어올라 살짝 창문 안을
들여다보기로 마음먹습니다.

안을 들여다보자 두 쌍의 눈동자도 똑같이 이쪽을
보고 있습니다.

"죄, 죄송합니다."

앵초는 더듬더듬 말을 하고 얼른 내려오기 시작합니다.

"우린 막 차를 마시는 중이었단다."

그 때, 집 안에서 누군가 앵초를 부릅니다.

"너도 무얼 좀 먹지 않으련?"

앵초는 조그만 문을 열고 안으로 들어갑니다. 참 아늑한
곳이었습니다. 바닥에는 엉겅퀴수염 깔개가 깔려 있고,
풀잎을 꼼꼼히 엮어 만든 벽에는 책과 사진이 빼곡합니다.
이 집에 사는 들쥐 부부는 손님이 찾아온 것이 퍽 기쁜가
봅니다. 앵초를 식탁에 앉힌 다음, 과자를 내오고 가족
사진첩까지 꺼내 보여 줍니다.

이 집의 소중한 물건들을 모두 구경한 앵초는, 고맙다는
인사를 공손히 하고 다시 땅으로 내려옵니다. 앵초는
집에 가기 전에 밤나무 숲에 한번 가 보기로 합니다.
그 곳에는 아직, 찔레꽃울타리 마을의 들쥐들이 저무는
햇살 속에서 나무딸기를 따고 있었지만, 너무 바빠서
앵초를 미처 보지 못했습니다. 앵초는 풀섶을 헤치면서
혹시 깃털이나 다른 쓸모 있는 물건이 없는지 두리번
두리번 합니다.

그러다가 나무딸기 덤불 밑에 숨어 있는 아주 흥미로운
구멍을 보게 됩니다.

"이 안에는 누가 살고 있을까?"

앵초는 중얼거리면서 그 구멍 속으로 들어갑니다.

안은 매우 어두웠지만, 이리저리 뻗어 있는 통로 벽에
둥근 문들이 어렴풋이 보입니다. 통로 속으로 깊이
들어갈수록 점점 어두워지더니 이젠 아무것도 보이지
않습니다.

"여긴 왠지 마음에 들지 않아."

앵초는 몸을 부르르 떱니다.

"집으로 돌아가는 게 좋겠어."

나가려고 몸을 돌렸지만 통로가 워낙 여러

갈래여서 어느 쪽으로 들어왔는지 알 수가 없어요.

앵초는 치마를 치켜들고 꼬불꼬불한 통로 속을 뛰기
시작합니다. 그러다 희미한 불빛을 본 앵초는 그 쪽으로
달려갑니다. 나와 보니 그 곳은 커다란 나무 아래에
있는 무성한 가시덤불 밑이에요.

"떡갈나무 성이 보이지 않아."

앵초는 가냘픈 목소리로 중얼거립니다.

"냇물 옆 수양버들도 안 보이고, 길을 잃은 게 틀림없어."

날은 점점 더 어두워집니다. 커다란 빗방울이 앵초 옆의
나뭇잎에 뚝 떨어집니다. 앵초는 독버섯 밑에 웅크리고
앉아 울음을 꾹 참습니다.

멀리서 부엉이 울음소리가 들려 오고, 바람이 세지면서
나뭇가지가 끽끽댑니다. 그러나 앵초는 옆 덤불 속에서
나는 부스럭 소리가 제일 무섭습니다.

날은 자꾸 캄캄해져 이제 아무것도 보이지 않습니다.
앵초는 무서운 족제비 생각을 하지 않으려고 애를
씁니다. 그 때입니다. 앵초 쪽으로 다가오는 다섯 개의
불빛이 보입니다. 그런데 그 불빛 뒤에는 다섯 개의
이상한 물체들이 따르고 있습니다.

　그것들은 팔다리가 없이 두리뭉실하고, 머리도 없는 듯
합니다. 앵초는 가시덤불 안으로 더욱 몸을 웅크립니다.
　다섯 개의 괴물들은 점점 더 가까이 다가옵니다.
곧 앵초가 숨어 있는 덤불 바로 옆을 지날 것입니다.
가까이 다가올수록 그것들은 더 무섭게 보입니다.

앵초는 드디어 그 괴물들이, 자기가 앉아 있는 곳
바로 앞을 지날 때 그만 눈을 감아 버립니다.
하나…둘…셋…넷……

다섯 번째 괴물이 막 지나칠 무렵, 앵초는 용기를 내어
눈을 뜹니다. 그 괴물은 절뚝거리며 걸었고, 꼬리와 수염을
가지고 있습니다. 어? 사과 할아버지의 바지도 보입니다.

"할아버지!"

앵초는 반가워 소리칩니다. 앞서 가던 물체들이 뒤를
돌아보자, 앵초는 그들이 누군지 금방 알 수 있었답니다.
할아버지, 할머니, 바위솔 그리고 제일 보고 싶었던 엄마와
아빠입니다. 앵초는 덤불 사이를 헤치고 뛰어나왔어요.

"앵초야! 무사했구나!"

엄마는 무척 기뻐합니다.

"들쥐들 말이 네가 숲 속으로 들어갔다고 하더구나.
하지만 워낙 어둡고 축축해서 찾는 걸 포기할 뻔했단다."

아빠는 앵초를 외투로 꼭 싸 주며 말합니다.

집에 이르렀을 때 앵초는 거의 잠들어 있었어요.
엄마는 앵초를 방으로 데려가 젖은 옷을 벗겨 줍니다.
벽난로 옆 의자에는 깨끗하고 따뜻한 잠옷이 걸쳐
있고, 침대 옆 탁자 위에는 뜨거운 도토리 죽이
준비되어 있습니다.

"다시는 들에 혼자 나가지 않을 거야."
앵초는 졸음에 겨운 목소리로 중얼댑니다.
엄마는 뽀뽀를 해 주고 베개를 편하게 놓아 줍니다.

"수염을 내리고 편안히 쉬거라,
꿀과 우유와 과자가 가득하단다.
밤새 부디 좋은 꿈만 꾸거라,
내일 다시 해님이 떠오른단다."

엄마는 부드럽게 노래를 부르며 포근한 이불 위를
다독거립니다.

THE

THE

CHESTNUT WOODS

THE   C O

Hidethornbeam

Crabapple
Cottage

T H E   F

Bluebell Pool

Bramly
Hedge

N

Rabbit holes.